똥 동물원

똥으로 떠나는 과학 여행 ③

아울북

똥 동물원

똥으로 떠나는 과학 여행 ❸

글 사니예 벤지크 칸갈, 제렌 코자크, 메르베 솔라크 아라바즈
그림 베르크 외즈튀르크 **옮김** 이정아

1판 1쇄 인쇄 2025년 1월 24일
1판 1쇄 발행 2025년 2월 19일

펴낸이 김영곤 **펴낸곳** ㈜북이십일 아울북
콘텐츠TF팀 김종민 신지예 이민재 진상원 이희성
출판마케팅팀 남정한 나은경 최명열 한경화 권채영
영업팀 변유경 한충희 장철용 강경남 황성진 김도연
제작팀 이영민 권경민
편집 꿈틀 **디자인** design S

출판등록 2000년 5월 6일 제406-2003-061호
주소 (우 10881) 경기도 파주시 문발동 회동길 201
연락처 031-955-2100(대표) 031-955-2709(기획개발)
팩스 031-955-2122 **홈페이지** www.book21.com

ISBN 979-11-7117-999-2
ISBN 979-11-7117-996-1 (세트)

• 제조자명 : (주)북이십일
• 주소 : 경기도 파주시 회동길 201(문발동)
• 전화번호 : 031-955-2100
• 제조연월 : 2025. 2. 19.
• 제조국명 : 대한민국
• 사용연령 : 3세 이상 어린이 제품

글 **사니예 벤지크 칸갈 · 제렌 코자크 · 메르베 솔라크 아라바즈**

이 책의 작가들은 학생들로 가득한 대학 건물 안에서 아이들의 성장 과정을 유심히 살펴보고 있어요. 모두 뿡뿡 교수처럼 열심히 연구하고 있으며, 그 일을 무척 좋아하지요. 어른들이 아이들을 더 잘 이해하고 행복할 수 있도록 노력해야 한다고 생각해서, 어린이들이 까르르 거리고 킥킥 웃길 바라며 〈똥 과학〉, 〈똥 연구소〉, 〈똥 동물원〉을 썼어요.

그림 **베르크 외즈튀르크**

여러 학교에서 그림을 공부했고, 아주 오래전부터 그림을 그려서 언제 시작했는지 기억조차 나지 않을 정도예요. 수많은 어린이책에 그림을 그렸고, 지금도 어린이를 위해 그림을 그리고 있어요. 이 책에 똥 그림을 그리는 작업은 정말 즐거웠답니다.

옮김 **이정아**

이화여대 외국어교육과를 졸업하고 어린이책을 편집하다 그림책의 매력에 빠져 아이와 엄마가 함께 읽는 그림책들을 번역하는 일을 하고 있습니다. 옮긴 책으로는 『사랑하는 아들에게』, 『이쪽이야, 찰리』, 『아이다, 언제나 너와 함께』, 『블루버드』, 『낮잠 자기 싫어!』, 『롤라』, 『날개를 활짝 펴고』, 『나무 구멍 속에는 누가 살까요?』, 『굴 속에는 누가 살까요?』 등이 있어요.

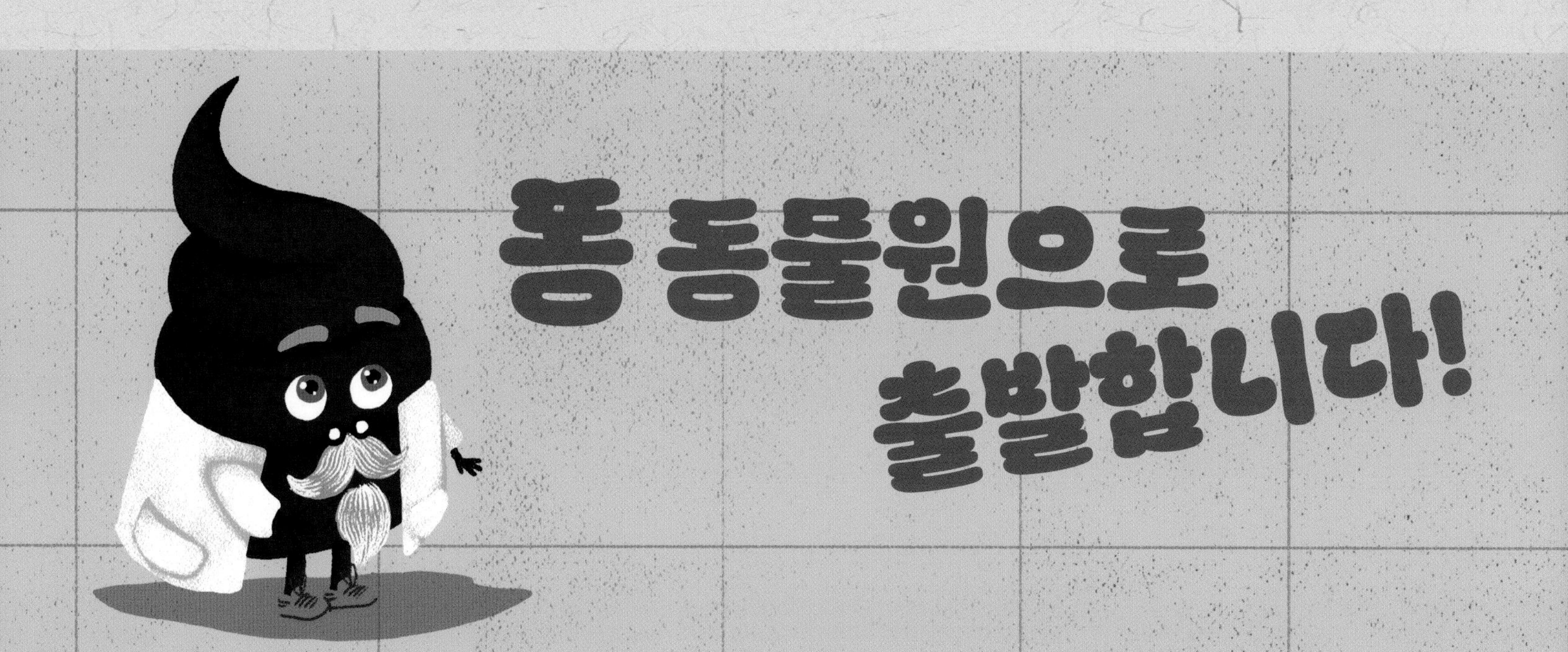

더 많은 종류의 똥을 만나러 가 볼까요?
모두 준비되었나요?
이제 똥 연구소에서 떠나는 똥 동물원 여행이 시작됩니다.

똥 연구원들이 또다시 열심히 일하기 시작했습니다.
자연 속에서 동물들을 관찰하고 있지요.

똥 연구원들은 동물들의
생김새가 매우 다양하다는 것을
알게 되었어요.

게다가 동물마다 똥도 다르게 생겼다는 것도 알게 되었고요.

30°
3/4

똥 연구원들은 새로운 궁금증이 떠올랐어요.
'동물의 똥이 식물이나 다른 동물들에게 필요한 먹이가
될 수 있을까?'
여러분들은 어떻게 생각하나요?

동물의 똥은 식물에게 필요한 영양분이 들어 있어요.
동물의 똥은 식물이 쑥쑥 잘 자라도록 도와줍니다.

동물의 똥은 식물뿐만 아니라,

다른 동물에게도 먹이가 돼요.

그럼 다른 동물의 똥을 먹는단 말인가요?

쇠똥구리는 동물의 똥을 모아서 공처럼 굴려요.
그리고 식사 시간이 되면 맛있게 똥을 먹지요.

혹시 새끼 코알라가 어미 코알라의 똥을
먹는 이야기를 들어 봤나요?
보통 어미 코알라는 새끼 코알라에게 젖을 먹이지만,
새끼 코알라가 나뭇잎을 잘 소화할 수 있도록
자기 똥을 먹이기도 하지요.

잠깐, 아직 끝이 아니에요!
판다는 하루 종일 대나무를 먹어요.
그리고 하루에 약 9킬로그램이나 되는
똥을 싸지요.

그 많은 똥은 어떻게 될까요?

궁금하다면 여기를 보세요!
판다의 똥으로 휴지를 만들기도 한답니다.
정말 신기하지요?

판다 휴지
판다 휴지

코끼리도 판다처럼 식물을 먹어요.
그럼 코끼리 똥은 어떻게 생겼나요?
코끼리의 똥은 녹색이에요.

코끼리가 하루에 싸는 똥의 양은 사람이 1년간 싸는 똥의 양과 같아요.
정말 놀랍죠?
그럼 코끼리 똥은 어떻게 될까요?

혹시 알고 있나요?

코끼리 똥으로 종이를 만들 수도 있답니다.

와아!

코끼리 똥종이
코끼리 똥종
코끼리 똥종이

재미있는 사실을 더 알려 줄게요.

혹시 패럿피쉬를 본 적 있나요?
패럿피쉬가 싼 하얀 똥은
해변을 하얗게 뒤덮기도 해요.
여기 보세요!

바닷가를 떠나기 전에 고래에 관해 이야기해 주어야겠군요.
고래는 바다에 사는 생물 중 가장 몸집이 크지요.
고래는 가끔 물 밖으로 나와 분수처럼 물을 내뿜으며 숨을 쉬지요.
바닷속에서 먹이를 잡아먹고 바닷물 속에 똥을 싼답니다.

바닷물 속에는 플랑크톤이 살고 있어요.
현미경으로만 볼 수 있는
아주 작은 생물이지요.
플랑크톤은 고래의 똥을 먹어서
바다를 청소해요.

동물의 똥으로 커피를 만든다고 하는 이야기는 들어 봤나요?
커피 열매를 따 먹은 사향고양이의 똥에서 커피를 얻어요.
사향고양이는 고양이보다는 족제비와 더 가까운 친척이랍니다.

사향고양이가 커피 열매를 먹고 나서 똥을 싸요.
똥과 함께 나온 커피 열매는 공장에서 여러 과정을 거쳐
사람이 마시는 커피가 됩니다.
루왁 커피라고 부르는데 맛과 향이 아주 좋대요.

그동안 똥 연구소 연구원들은 똥 동물원에서 많은 것을 배웠고,
놀라운 사실들을 알게 되었습니다.

물론 또 다른 궁금증이 떠올랐어요.
사람의 똥은 어떻게 사용될 수 있을까요?
뿡뿡 교수와 똥 연구원들에게
새로운 연구 주제가 또 정해진 듯합니다.